# ENQUÊTE PAR CORRESPONDANCE

DU MÊME AUTEUR

*Aux Éditions Grasset*

MALIN COMME UN SINGE *(théâtre).*
LA MUSIQUE ADOUCIT LES MORSES *(théâtre).*
LE CELTE AU REGARD ÉTRANGE
LE MIROIR SANS VOIX

*Aux Éditions Le Sénevé. – (théâtre)*

LE CHAT NE PARLERA PAS *(3 pièces pour ados)*
LE TEMPS D'UNE DANSE *(4 pièces pour ados)*
LA FÊTE DES CONTES *(dont 2 pièces sur le thème des Droits de l'enfant)*
LA PLUS BELLE DES POUBELLES *(français-anglais)*

*Aux Éditions Lito*

La collection des contes (de tous les pays, d'Europe, de France...)

ANN ROCARD

# ENQUÊTE PAR CORRESPONDANCE

*roman épistolaire*

*avec la complicité de Loys (collégien)*

GRASSET-JEUNESSE
Lampe de poche

Tous droits de traduction, de reproduction et d'adaptation
réservés pour tous pays.

© *Éditions Grasset & Fasquelle, 2003.*

Loi n° 49-956 du 16 juillet 1949
sur les publications destinées à la jeunesse.

*à Antonin*

1er septembre

Coucou, Jérémy !

Comme tu peux le constater, je tiens mes promesses : je t'écris dès mon retour à Paris. J'aimerais tant être encore en vacances. Tu me faisais rire avec tes blagues tirées par les cheveux.

La Normandie me semble déjà si loin… Alors, je ferme les yeux et je m'imagine en train de marcher sur la plage au coucher du soleil, le seul soir où nous avons réussi à apercevoir le rayon vert.

Dans trois jours, c'est la rentrée. La dernière année au collège, tant mieux. Je te raconterai ça au fur et à mesure des semaines. J'attends de tes nouvelles avec impatience. Tu me manques. Bisous.

JEANNE (l'une des deux JJ. !)

*7 septembre*

*Salut, Jeanne !*

*Comme je peux le constater, tu tiens tes promesses. J'ai reçu ta lettre hier soir en rentrant de cours et je m'empresse de te répondre.*

*Ta rentrée s'est-elle bien passée ? Moi, je suis toujours dans le collège de la ville d'à côté. Classe plutôt sympa et bons profs.*

*Aujourd'hui c'était excellent, Nicolas et Mathilde étaient partis fumer dans les toilettes et ils se sont fait prendre par un pion. Ils n'ont presque rien eu (un livre à lire et un résumé à faire plus une colle), mais ils ont failli se faire renvoyer.*

*Nous, on se trouvait dans la classe de musique. Avant qu'ils reviennent, la prof a fermé la porte à clef et on s'est tous tus. Quand Nicolas et Mathilde sont arrivés, ils ont tapé à la porte et essayé d'ouvrir. Ils sont redescendus chercher une pionne. Pendant ce temps-là, la prof avait rouvert la porte... quand ils sont revenus, on a tous éclaté de rire. Voilà comment on peut faire aimer la musique : ce n'est pas compliqué !*

*Je me rappelle nos bons souvenirs de vacances, surtout les couchers de soleil sur la mer, tous les deux assis sur un rocher. Ce serait bien si tu pouvais venir chez moi, à Seully, pendant les vacances de la Toussaint.*

*Ecris-moi vite.*

TON PETIT JÉRÉMY,
*collectionneur de blagues*
*pas toujours très fines...*

*P.S. : Au fait, tu avais pu admirer cet été mon village miniature, réalisé avec des carreaux de plâtre (d'où un jardin tout blanc entraînant une réaction colorée de mon père qui vit rouge !!!) et des ardoises cassées...*

*Je cherche maintenant un nouveau projet-bricolage pour ce trimestre. Aurais-tu une idée à me suggérer ?*

11 septembre

Salut, Jérémy !

À mon tour de te parler de ma rentrée. Je ne suis plus avec mon amie Lucile qui a changé de collège et je suis déçue. Rien de passionnant du côté de ma classe et de mon emploi du temps.

En rentrant de cours, j'étais assise dans le métro et le type en face de moi n'arrêtait pas de me regarder. Avec un regard gris et triste. Comme si je lui rappelais quelqu'un. Ça m'a mise mal à l'aise et j'ai changé de place. Quand je suis descendue sur le quai, j'ai jeté un coup d'œil vers la rame : il était toujours au même endroit, il ne me quittait pas des yeux. Dans le métro, il y a des milliers de gens, pourtant on se sent très seul. J'avais presque envie de pleurer.

Heureusement que j'ai reçu ta lettre qui m'a remonté le moral. Le premier soir, en rentrant de cours, je n'avais plus envie de rien.

Léo, mon petit frère, poussait des cris parce qu'il s'était écorché les genoux. Mes parents n'arrêtaient pas de me poser des questions sur mes profs, et je n'avais pas envie de leur répondre.

Alors, dès la fin du dîner, je me suis réfugiée dans

mon lit. Ma chatte Kanalpuce est venue se blottir sur ma couette en ronronnant. Et moi, j'ai relu ta lettre au moins dix fois. J'aimerais tant venir chez toi à la Toussaint. J'en parlerai à mes parents quand ils seront tous les deux de très bonne humeur.

Une autre mauvaise nouvelle : les photos des vacances sont ratées. Décidément, tout va de travers ! Vite, vite, réponds-moi. Je pense à toi très fort.

JEANNE

P.S. : Serais-tu dans la lune ? Tu m'as raconté au moins dix fois la fabrication de tes maisons miniatures.

Une petite blague pour ta collection (simpliste, mais je l'aime bien) : À ton avis, y a-t-il des gens qui vivent sur la Lune ? Bien sûr… La preuve : ils allument la lumière tous les soirs !

*14 septembre*

*Coucou, Jeanne !*

*Ça n'a pas l'air d'aller très fort pour toi.*

*Moi, ça va, mais mon prof de biologie m'emm... (tuuuut !) vraiment. Il n'est pas juste et fait des réflexions, du style : « Vous êtes nuls. Vous n'êtes bons qu'à devenir chômeurs ou pêcheurs ! »*

*Je n'ai fait qu'un bond sur ma chaise.*

*D'une part, dans ma classe se trouvent des élèves dont les parents sont au chômage ; d'autre part, pêcheur est un beau métier. C'est ce que j'ai déclaré après avoir levé le doigt. Sanction immédiate : « Jérémy Riguemar, deux heures de colle pour insolence. » Mais dans ma tête, j'ai continué à chanter : « Non rien de rien... Je ne regrette rien. »*

*En tant que prof dans le même collège, mon père ne prend pas facilement ma défense. Il n'empêche qu'il répète souvent : « Il faut avoir le courage de ses opinions. Mais attention : il y a façon et façon de le dire. »*

*Conclusion : le courage est parfois à deux vitesses... et les adultes n'en ont pas beaucoup.*

*Ce soir, quand je suis rentré à la maison, il y avait du vent et la mer était basse. Donc, je suis allé faire du char à voile... Comment aurais-je pu résister à la tentation ? Ça m'a rappelé nos expéditions de cet été : faire du char à voile (à une place) avec toi en fin de soirée. Le rêve !*

*Ton chat va-t-il bien ? Moi, ma chienne Isis devrait avoir des petits dans trois semaines environ.*

*Lucile habite-t-elle toujours près de chez toi ? Si oui, ce n'est pas grave. Il y a pire.*

*Et le type du métro, l'as-tu revu ?*

*Voilà tout. Grosses bises.*

*J NUMBER TWO*

*P.S. : Dans la lune ? Tu viens de faire germer une idée dans mon cerveau de bricoleur.*

*Merci pour ta blague lunaire. Je la connaissais déjà.*

19 septembre

Coucou, Jérémy !

Mercredi après-midi : je suis dans ma chambre, bien tranquille.

Je me sens mieux. Tu as raison pour Lucile : elle n'habite pas très loin de chez moi. Nous passons souvent le samedi après-midi ensemble.

Le type du métro ? Je ne l'ai pas revu. Mais je m'en souviens très bien. Ce sont ses yeux qui m'ont frappée. Des yeux tristes. Maintenant que j'y repense, j'ai l'impression de l'avoir déjà croisé. Si ça se trouve, nous voyageons toujours ensemble. Métro, boulot, dodo ! comme dit mon père quand il rentre crevé de son travail.

Quelle chance tu as de vivre au bord de la mer, toute l'année. Ici, c'est le bruit. Les voitures et les motos qui redémarrent au feu devant l'immeuble. La pollution et les lumières publicitaires qui clignotent toute la nuit.

Je t'écris, assise à mon bureau devant la fenêtre. Le ciel est gris. Il ne va pas tarder à pleuvoir.

Dans l'immeuble d'en face, au quatrième, c'est l'effervescence. Il y a des cartons partout. Les gens déménagent.

Dans les grandes villes, on ne se parle pas beaucoup. Un détail m'avait marquée dans ton village : quand tu croisais quelqu'un dans une rue presque vide, tu lui disais bonjour, même sans le connaître.

Moi, je connais à peine mes voisins. J'articule un bonjour-bonsoir à ceux qui habitent sur le même palier ou ceux que je rencontre dans l'ascenseur.

Bon, passons. Kanalpuce ? Elle est toujours adorable. Elle a miaulé pour souhaiter un heureux anniversaire à mon petit frère Léo qui soufflait ses deux bougies. Elle comprend tout ce qu'on lui dit. Arrête de rire ! Je t'entends jusqu'ici ! Bon, je cours à la boîte aux lettres après avoir glissé une bise dans l'enveloppe.

JEANNE QUI PENSE À TOI.

P.S. : Au fait, ton père est prof de quoi ?

*22 septembre*

*Bonjour, Jeanne !*

*Tu te plains d'être à la ville ; mais au moins tu as le cinéma, les magasins et tous tes amis près de chez toi.*

*Il est midi et demi. Je viens seulement de me lever. J'ai lu ta lettre que mon père avait posée près de mon lit et je te réponds en avalant une tartine grillée.*

*J'en profite pour t'envoyer les photos prises durant les vacances. J'espère qu'elles te plairont.*

*Ce soir, j'ai une soirée, mais je te promets de ne pas faire de bêtises. Je ne t'ai pas parlé d'Antoine, je crois. C'est chez lui que je vais. Je ne le connais que depuis la rentrée. Il n'est pas hypocrite, c'est ce que j'apprécie le plus chez lui. C'est un champion de bateau, un « voileux ». Il s'entraîne toute l'année quel que soit le temps ! Je lui ai un peu parlé de toi et il a hâte de faire ta connaissance.*

*Ma prochaine réalisation prend forme. J'étais dans la lune, avais-tu dit ? Eh bien, ça ne va pas tarder... Façon de parler ! Je fabrique une fusée*

*miniature à partir d'un tube de PVC. Je te passe les détails, mais je vais devoir mélanger de l'eau et de l'air comprimé.*

*Je t'embrasse ................ (pointillés à compléter comme tu voudras).*

*JÉRÉMY RIGUEMAR*

26 septembre

Bon après-midi, Jérémy !

Merci pour les photos ! Elles sont super. J'ai placé ma préférée (celle où l'on est ensemble sur la plage) à la tête de mon lit.

C'est de nouveau mercredi. Alors, ta fête de samedi dernier? Moi, pendant ce temps-là, j'étais au cinéma avec Lucile et son grand frère (très sympa d'ailleurs). Quel film ? Un remake américain d'un vieux film... Ne vaut pas l'argent qu'on a dépensé !

Dans ma dernière lettre, je t'avais parlé des cartons de l'appartement d'en face. Il y a maintenant une pancarte sur l'une des fenêtres : À VENDRE - AGENCE DUPOIVRE. Quelle idée de porter un nom pareil ! Dans cette agence immobilière, on doit éternuer sans arrêt. Oui, je sais. Ce n'est pas drôle... J'ai hâte de voir la tête de ceux qui emménageront.

Tiens, j'aperçois des gens. Certainement quelqu'un de l'agence qui fait visiter l'appartement à des acheteurs potentiels. Qu'est-ce que je parle bien, n'est-ce pas ?

*

Je t'avais abandonné une minute pour aller chercher les jumelles de mon père dans le tiroir de son bureau (il est formellement interdit de fouiller dans ses affaires !!) et j'ai observé les inconnus d'en face. Eh bien, tu peux me croire : à vue d'œil, la dame de l'agence est enrhumée. Comme quoi, son patron ferait bien de changer de nom. Oui, oui ! J'arrête de raconter des idioties.

J'ai retrouvé la forme de cet été. Ne t'inquiète pas : le frère de Lucile n'a aucun rapport avec mon état de santé. Simplement, j'ai repris mes cours de danse jazz le samedi après-midi. J'adore.

Et finalement, j'ai rencontré de nouveaux amis : nous n'étions pas dans la même classe l'an passé et j'étais sûre qu'ils n'étaient pas intéressants. L'un d'eux s'appelle Charly ; il a l'air d'avoir le même caractère que ton copain Antoine.

Moi aussi, j'apprécie les gens qui ne sont pas hypocrites et qui n'ont pas peur de dire la vérité. C'est pourquoi, après ce long message, je te la dis à mi-mots : je pense très fort à toi et je t'a… (trois lettres à compléter de toute urgence).

JEANNE NUMBER ONE

P.S. : Dis, professeur Jérémy Tournesol, tu m'emmèneras faire un tour dans ta fusée quand elle sera terminée ?

Bis… au risque de me répéter : tu n'as pas répondu à ma question. Ton père est prof de quoi ?

Tu rêves, Tournesol de mon cœur, tu rêves… de moi peut-être ?

*4 octobre*

*Salut, Jeanne !*

*J'ai vu que tu as écrit la lettre le 26 septembre, mais je ne l'ai reçue que ce matin. Je suis vraiment désolé.*

*En ce moment, je ne suis pas très bavard (ce qui me ressemble peu). Je n'ai pas d'inspiration. Impossible de trouver les trois lettres qui manquent après « t'a... », mais je crois quand même deviner.*

*Aujourd'hui, je suis resté bloqué dans l'ascenseur du collège avec Antoine et un ami qui s'est cassé le genou, nous l'accompagnions. Une bonne raison d'arriver en retard au cours de bio.*

*Pourquoi me parles-tu si souvent de cet appartement ? Ferais-tu une « fixation », comme dit la conseillère d'éducation du collège ?*

*Plus que trois semaines avant les vacances : quel bonheur ! Peux-tu venir chez moi ? En as-tu parlé avec tes parents ? Je croise les doigts pour que ce vœu se réalise.*

*Quoi d'autre ? Je m'entraîne au djembé pendant des heures. Mon père commence d'abord par danser... Mouvements rythmés, déplacements avant-arrière... puis il se bouche les oreilles (après avoir tenu le coup pendant un bon quart d'heure... félicitations !) et il finit par craquer :*

*« Jérémy ! Pitié ! Un peu de silence maintenant. Si tu continuais à côté ? »*

*Il a matelassé les murs du garage pour protéger les tympans de nos voisins.*

*Je l'aime bien, mon père. Un peu renfermé. Timide. Pas très causant et pas toujours gai. Mais tellement sympa quand il est en forme. On fait souvent du char à voile ensemble le week-end ou bien je l'accompagne en randonnée, sac à dos et godillots aux pieds.*

*Pour répondre à ta question et ta question-bis : il est prof de gym, basketteur certains soirs de la semaine... et bricoleur de génie. J'ai de qui tenir !*

*Ma fusée miniature (vingt centimètres de haut) prend forme. S'envolera-t-elle ? Mystère...*

*Alors, avec le frère de Lucile... ? Que d'insinuations perfides ! Voilà. Réponds-moi vite.*

J.

6 octobre

Bonjour, Jérémy !

Mon enveloppe aurait mis une semaine à te parvenir ? Tiens, tiens… Je n'avais pas entendu parler d'une grève de la poste.

J'ai parlé à mes parents des vacances de Toussaint. Ils n'ont pas l'air de vouloir me laisser venir chez toi. Cela dépendra de mon comportement (il paraît que je suis un peu insolente… Première nouvelle !), de mes résultats scolaires (moyens… Peut mieux faire !) et j'ajouterais de leur humeur et de leurs soucis de travail.

Un père prof de gym, ça doit être sympa. Sauf s'il t'oblige à faire cent pompes, dès le réveil, et le tour du pâté de maisons à cloche-pied trois fois par jour. Le tien n'a pas l'air comme ça, d'après ce que tu as pu me raconter.

J'aimerais bien le voir danser quand tu tapes sur ton djembé. Chez moi, ce genre de scène serait inimaginable !

Fabien, mon père (j'aime bien l'appeler par son prénom, de temps en temps ; et lui, il a l'impression

de paraître moins vieux)... Donc Fabien Pagot, mon père bien-aimé, devrait imiter le tien. Il se ramollit et s'arrondit, mais attention... personne n'a le droit de le lui faire remarquer. Surtout pas moi, ni ma mère !

Question « jumelles », je continue d'observer les visiteurs de l'appartement d'en face. Pourquoi ? C'est amusant. Je me prends un peu pour Sherlock Holmes. J'ai déjà repéré les trois personnes de l'agence : la dame enrhumée, un monsieur bien enrobé et un bonhomme qui ressemble à un clown (gros nez rouge, crâne lisse sur le dessus et cheveux raides sur les côtés).

Je me laisse prendre au jeu, à tel point que la nuit dernière, j'ai cru voir un éclat lumineux derrière la vitre. J'avais fait un cauchemar et je m'étais réveillée en sursaut. Je me suis levée pour aller boire un verre d'eau. En passant devant la fenêtre, j'ai écarté le rideau et j'ai eu l'impression que le faisceau d'une lampe de poche se déplaçait lentement.

Puis plus rien. L'obscurité. Je ne sais pas si j'ai rêvé ou non.

Bises.

JEANNE

P.S. : Le frère de Lucile s'appelle Romain. Il a dix-sept ans et toutes ses dents ! Pas de souci à te faire à ce sujet. Promis.

trou où placer les yeux
pour passer inaperçu,
tout en observant
discrètement !

10 octobre
Hello, J number one !
ceci est une carte postale
fabriquée par mes soins
Spéciale pour parfait
enquêteur.
Elle s'autodetruira
dans les 5 minutes
J number two
Melle Jeanne Pagot
3 bd Coupelle
75020 PARIS

*13 octobre*

*Salut, Jeanne !*

*J'espère que ma carte-surprise te sera utile dans ton reportage spécial « agence immobilière ».*

*Pour ton insolence : hum.... Les parents n'ont jamais complètement tort. Enfin, ça dépend lesquels.*

*La nuit dernière, j'ai été réveillé par un bruit étrange (presque aussi étrange que l'histoire de ton appartement lumineux dont on reparlera tout à l'heure !), et je me suis levé.*

*Isis était en train d'accoucher dans la cuisine. Les chiots ont une drôle de tête pour l'instant, plutôt gluants ! J'ai toujours adoré les chiens... et certaines personnes — une en particulier — (j'espère que tu le prends bien ; c'est une façon détournée de te dire ce que je ressens).*

*Comment va cette chère Kanalpuce ? Toujours aussi intello ? Quand va-t-elle apprendre les langues étrangères pour pouvoir aboyer avec Isis l'été prochain ?*

*Je réfléchis, je réfléchis... Y a mon cerveau qui fait du bruit ! Je sais que tu aimes mener des*

*enquêtes, mais parfois trop d'imagination joue des tours. Pour l'appartement, en effet tu rêvais... mais peut-être que non.*

*Sinon, je ne vois pas du tout ce que ça peut être. Extraterrestre, le retour ! Les journaux ne tarderont pas à aborder le sujet.*

*Bon, mon père m'appelle pour que je mette le couvert. Question de principe ! car sortir deux assiettes, deux verres et le reste, ce n'est pas la mer à boire ! Pas besoin de dons de voyance pour savoir ce qu'il a préparé : régime diététique digne d'un grand sportif !*

*Bof... Je préférerais des frites bien grasses, du saucisson à l'ail et une mousse au chocolat noyée dans la chantilly. Pas toi ?*

*Réponds-moi vite.*

*JÉRÉMY*

16 octobre

Mon cher Jérémy !

J'ai du nouveau à t'annoncer. D'abord, merci pour la carte-spéciale-enquêteur. Elle m'a fait bien rire.

Assieds-toi avant de lire la suite, c'est incroyable.

J'avais mis mon réveil à sonner à deux heures du matin (c'est l'heure à laquelle j'avais aperçu une fois la lumière étrange derrière la fenêtre d'en face).

La première nuit, rien. J'ai guetté pendant un bon moment derrière mon rideau mais n'ai rien vu. J'ai fini par m'endormir par terre. Imagine un peu la tête de mes parents quand ils sont entrés dans ma chambre en répétant, paraît-il pour la dixième fois : « Jeanne, dépêche-toi de te lever ! Tu vas être en retard ! »

J'ai pris froid. Il fallait s'y attendre. S.O.S. mouchoirs !

La nuit suivante, même scénario, à part le lieu d'endormissement (couette moelleuse)…

Mais la troisième nuit : je me suis approchée du rideau… La pluie crépitait sur les carreaux. J'avais

un peu de mal à distinguer ce qui se passait de l'autre côté de la rue.

Et soudain, au quatrième en face : une lampe allumée, dirigée vers moi. J'étais debout. Immobile comme une statue. Oui, tellement surprise que je n'arrivais plus à bouger. J'étais hypnotisée par le faisceau lumineux et j'avais les jambes qui tremblaient.

Je parie que tu ne vas pas vouloir me croire. Moi-même, je n'en revenais pas. J'ai failli aller réveiller mes parents. Mais quand j'ai entendu mon père ronfler à travers la porte de leur chambre, j'ai finalement renoncé.

Je commence à être un peu inquiète. J'aimerais te parler au téléphone, mais mes parents refusent que j'appelle en province (c'est trop cher)... Bon, on va continuer à s'écrire le plus souvent possible. Bises.

JEANNE

P.S. : Tu ne parles plus de ta fusée interplanétaire. Serait-ce un échec cuisant ?

*20 octobre*

*Bonjour, Jeanne !*

*Tiens, j'ai regardé un film d'espionnage à la télé hier, j'ai pensé à toi, Jeanne-locom's ! C'est rigolo, toute cette histoire. Mais je ne vois pas du tout ce que cette personne pourrait faire à une heure pareille dans un appartement vide.*

*Entoure les mots exacts :*

*1) Il ou elle n'a pas de logement en ce moment.*

*2) Il ou elle s'est disputé(e) avec sa femme ou avec son mari.*

*3) Il ou elle a quitté le domicile conjugal (ce mot me fait toujours rire... Il n'y a pas de quoi pourtant !)*

*Un conseil d'ami qui te veut du bien : tu devrais mettre une grande affiche sur ta fenêtre sur laquelle serait marqué : QUI ES-TU ?*

*Passons à des choses moins sérieuses. Les chiots sont trop mignons, ils ronronnent tout le temps — non, je rigole ! ils trottinent dans la maison et font partout sur le carrelage de la cuisine. Charmante découverte quand je descends pour le petit déjeuner !*

*« Isis est ta chienne, remarque mon père. C'est toi qui as voulu qu'elle ait des petits. Il faut assumer tes responsabilités et nettoyer les dégâts. »*

*Mais quand il entend mes haut-le-cœur non simulés, il se précipite pour tout ramasser. C'est un père parfait qui ne veut pas que son fils parte au collège le ventre vide ! S'il n'existait pas, il faudrait l'inventer.*

*Tu ne me parles pas beaucoup de ton collège. Moi, les notes ça va, même si je ne travaille pas assez (d'après la personne dont je viens de parler au paragraphe précédent).*

*Une anecdote véridique : en bio, mon copain Simon a fait tomber un flacon d'éther (sans le faire exprès et sans que le prof le voie, je précise). Tout le monde était à moitié endormi. Soudain, le prof a réalisé ce qui s'était passé et il a crié : On évacue ! On évacue ! Quelle cavalcade !*

*Quand je raconte ça à mon père, il fronce les sourcils et n'en croit pas un mot. Peut-être adopte-t-il cette attitude pour ne pas trop critiquer l'autre zozo de prof de bio ? Entre collègues, il faut se tenir les coudes.*

*Ma fusée a décollé jusqu'à deux mètres du sol avant de retomber lamentablement. J'en commence*

*une autre plus haute (cinquante centimètres) et j'espère qu'elle battra le record précédent.*

*As-tu réussi à décider tes parents au sujet des vacances de Toussaint qui commencent dans une semaine, au cas où tu aurais oublié ? Je t'embrasse.*

*DOCTEUR JÉRÉMY WATSON,*
*celui qui donne des conseils à l'ami Sherlock !!*

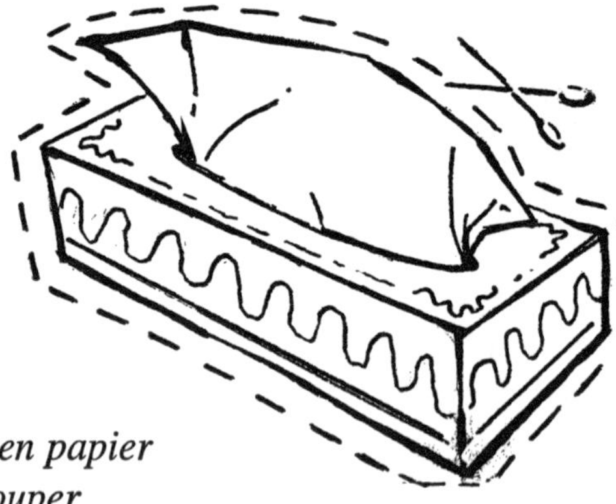

*Mouchoir en papier*
*à découper*
*soigneusement...*
*spécial pour enquêteur*
*enrhumé !*

24 octobre

Coucou, Jérémy !

Merci pour le conseil, mais je n'ai pas osé placer l'affiche sur la vitre.

Hier, j'ai essayé de parler de ce truc bizarre à mes parents. Ils ont souri « avec indulgence ».

« Tu as fait un cauchemar, a déclaré mon père qui, lui, n'en fait jamais.

— Je vais te donner de l'Euphytose », a ajouté ma mère qui adore les tisanes, les huiles essentielles et les traitements à base de plantes. (Elle est vendeuse dans une droguerie ; les vaporisateurs doivent l'influencer.)

Alors j'ai haussé les épaules et je me suis réfugiée dans ma chambre, n'écoutant qu'à peine le « Tu pourrais au moins dire bonsoir ! ».

Je commence à être épuisée à force de faire le guet chaque nuit. Heureusement, il ne reste que deux jours de cours. De plus, je n'ai pu repérer la lumière que cinq fois en tout.

Maintenant, plus rien. L'obscurité. J'en arrive à croire que j'ai rêvé.

Tu es le seul à qui j'ai parlé de cette hallucination bizarre. Même mon amie Lucile n'est pas au courant.

Pour tes chiots : beurk ! Je préfère la propreté exemplaire de Kanalpuce. Et ton histoire de cours de bio ne m'a même pas fait rire ; je dois être très fatiguée pour ne plus apprécier ce genre d'anecdote.

Dernier contrôle de maths : la catastrophe ! J'ai bu un bouillon. Cette histoire abracadabrante (lumière extraterrestre intergalactique...) me tourne la tête. Je n'arrive plus à me concentrer.

Et je n'ai pas le moral, car mes parents refusent de me laisser aller en Normandie. Pourtant, je leur casse les pieds presque chaque soir depuis un mois et demi. Plus j'insiste, plus ils font marche arrière. Il faudrait que je trouve une nouvelle méthode pour obtenir ce que je souhaite.

Tu vas avoir du travail dans ta prochaine lettre : me redonner le sourire si possible. Docteur Jérémy Watson, j'ai tellement hâte de te revoir. Je t'embrasse.

JEANNE

*29 octobre.*
*Vacances de Toussaint !*

*Salut, Jeannette !*

*C'est dommage pour ton DS de maths.*

*Voici une blague pour améliorer tes notes : Notre ami Pythagore se promène avec son chien Archimède dans la rue. Le chien va sur la pelouse et s'éloigne. « Oh, Archimède ! s'écrie Pythagore. Tu as encore oublié Thalès ! » Ta laisse... Elle est excellente non ?*

*Antoine me l'a racontée pendant mon dernier cours de maths. Quel fou rire ! Résultat : une colle au carré à diviser par deux !*

*Si cette blague ne t'a pas fait rire, je ferai mieux la prochaine fois.*

*Cette semaine, c'est génial : il y a beaucoup de vent et personne sur la plage. Je peux faire du char à voile tous les jours. Mon père m'accompagne quand il n'est pas en randonnée ou à cheval sur son vélo. Mais il manque une chose ou plutôt quelqu'un que tu connais bien, pour que ce soit parfait.*

*Pour ton visiteur nocturne, j'ai un peu réfléchi. Si tu n'as pas rêvé et qu'il y a vraiment quelqu'un dans cet appartement vide... Qui peut avoir la clef pour y entrer ? Il y a trois solutions :*

*Premièrement, l'une des personnes de l'agence Dusel-Dupoivre-et-Compagnie.*

*Deuxièmement, l'ancien propriétaire qui a gardé le double.*

*Troisièmement, un voleur.*

*Tu peux admirer mon degré de réflexion !!!*

*J'élimine le voleur d'un coup de stylo et non pas d'un coup de stylet (petit poignard très effilé au cas où tu n'aurais pas de dico à portée de la main), j'élimine donc le voleur qui n'a rien à voler dans un appartement vide !*

*Je supprime d'un coup de gomme l'ancien propriétaire, histoire de ne pas utiliser toujours la même arme.*

*Il reste donc le patron et les employés de l'agence immobilière. Ce qui fait quatre personnes différentes.*

*Hélas, trois fois hélas, ma réflexion intense et surchauffée s'arrête là, car la lumière ne brille plus. Ton voisin ou ta voisine d'en face (extraterrestre... ou non) a peut-être trouvé un logement, ou bien*

*les prochains propriétaires ne vont plus tarder à arriver.*

*Arrête de te rendre malade pour ça. Ce n'est pas bien grave.*

*Quant à la célèbre « communication inter-générations », comme dit mon prof de français (moi, aussi je sais parler quand je fais un petit effort), il paraît qu'elle existe dans certaines familles. Les exceptions confirment la règle !*

*Chez nous, on se comprend, on s'entend bien... Finalement, on ne parle pas beaucoup. Radin avec son porte-monnaie, radin en paroles prononcées : voilà mon père ! Il faut bien lui trouver quelques défauts.*

*Profite bien des vacances. Bises.*

*JÉRÉMY*

*P.S : À ne pas répéter à mon « father » qui a l'ouïe fine : j'ai trouvé mon futur métier, « ingénieur en toupies » ; je m'entraîne en cours à en fabriquer à partir d'un crayon à papier (pas trop taillé pour que la pointe soit arrondie) et d'une gomme que je transforme en cercle parfait. Cela fait de super dessins quand la toupie tourbillonne sur une feuille.*

*Il s'agissait d'une petite création avant de poursuivre la réalisation de ma nouvelle fusée.*

*J'ai une crampe terrible du poignet (la crampe de l'écrivain, non mais sans blague !!!). Je n'avais jamais écrit une lettre aussi longue. Que m'arrive-t-il ? Aurais-tu glissé un virus sournois dans l'enveloppe ? Si c'est le cas, je vais certainement devenir un grand écrivain. D'ailleurs, j'ai encore pris près de deux centimètres le mois dernier ! (Gag à apprécier à sa juste valeur !)*

31 octobre, en fin de matinée

Coucou, Jérémy !

Je t'écris très vite car il y a du nouveau. Merci d'avoir réfléchi à en faire fumer ton cerveau, mais les trois personnes de l'agence immobilière sont hors de cause.

Cette nuit, la lune était presque pleine. Il faisait plutôt clair. Pas besoin de lampe de poche.

Sachant que je pouvais dormir ce matin, j'avais mis mon réveil à trois heures précises. Je me suis donc levée en pleine nuit ; j'ai enfilé un pull car il faisait un peu frisquet et j'ai saisi les jumelles (jusqu'à présent, mon père n'en a pas eu besoin. Tant mieux, sinon j'imagine la crise qu'il piquerait). Je me suis placée discrètement entre le bord de la fenêtre et l'extrémité du rideau pour qu'ON ne puisse pas se douter de ma présence. Qui : ON ? L'inconnu bien sûr. Puis j'ai attendu, les yeux rivés sur les jumelles.

Dans l'appartement d'en face, pas la moindre lumière. Aucun mouvement. Et puis, tiens-toi bien ! À la lueur de la lune, j'ai aperçu un visage derrière le carreau.

Ce n'était ni la dame allergique qui éternue sans

arrêt, ni le monsieur bien enrobé, ni le bonhomme à la tête de clown. C'était un visage d'homme, presque entièrement chauve… ou bien aux cheveux rasés très court.

Un visage triste : c'est l'impression que j'ai eue. Un visage d'homme triste.

Puis, il m'a semblé que cet homme ne m'était pas totalement inconnu. Bien sûr, il n'était pas juste à côté de moi, et je peux me tromper. Mais je crois qu'il s'agissait du type du métro. Je t'en avais parlé en septembre : ce type au regard triste qui ne me quittait pas des yeux. Est-ce que j'imagine des choses qui n'existent pas ?

Réponds vite à ma lettre. J'aimerais savoir ce que tu penses de cette apparition. Et je t'interdis de te moquer de moi avec une phrase telle que « Tu regardes trop la télévision, bonsoir ! ».

Je ne voulais écrire qu'un message très court. Finalement, je griffonne et j'ai des tas de détails à te raconter. La « gribouillite aiguë » est terriblement contagieuse comme tu as pu t'en rendre compte.

Tu as de la chance de pouvoir faire du char à voile. Moi, je vais à la piscine de temps en temps avec Lucile. Mais j'ai la tête ailleurs. Je pense sans cesse à ce type. Qui est-ce ? Que me veut-il ?

Et s'il s'intéressait à quelqu'un qui habite juste au-dessus ou au-dessous de chez moi ? Les gens du cinquième sont des personnes âgées qui ne feraient pas de mal à une mouche (façon de parler car ils font la chasse aux insectes, m'a dit ma mère. La plus petite bestiole leur fait pousser des cris) ; je les rencontre parfois dans l'ascenseur.

Au troisième, ce sont des nouveaux ; je vais me renseigner à leur sujet. Si ça se trouve, l'inconnu au visage triste est un jaloux pathologique qui surveille sa petite amie ou son ex-petite amie pendant des nuits entières.

Trêve de plaisanterie ! Je te tiendrai au courant de mes recherches.

Au fait, abandonne ton idée « d'ingénieur en toupies ». Peut mieux faire ! comme dirait ma mère avec un petit air pincé quand elle analyse mon bulletin.

Je t'embrasse.

JEANNE QUI PENSE À TOI.

2 novembre

Mon cher Jérémy !

Je n'attends pas ta réponse pour t'écrire à nouveau.

Cette nuit (donc exactement deux nuits après celle dont je t'ai parlé dans ma dernière lettre), je dormais à peine. Je me suis levée plusieurs fois et j'ai écarté discrètement le rideau. Rien.

Entre quatre et cinq heures du matin… je l'ai vu. La nuit était encore claire, même si la lune commençait tout juste à décroître.

L'homme avait dû remarquer que le rideau de ma chambre bougeait légèrement… En tout cas, il savait que je pouvais le voir.

Je te le jure. Il m'a fait un signe de la main.

Un signe de la main. J'en suis certaine.

On est restés face à face, séparés par la rue, pendant plus d'un quart d'heure. Plusieurs fois, je l'ai observé au moyen des jumelles : il paraissait moins triste qu'avant-hier.

À un moment donné, j'ai hésité… Je me suis interrogée : et s'il était en train de « communiquer » par gestes avec son amie du dessous…

Pour m'en assurer, j'ai écarté le rideau. Si ce

n'était pas moi qu'il regardait, il aurait sursauté ou se serait reculé rapidement. Non, il a hoché la tête sans s'éloigner de la fenêtre. Deux minutes se sont écoulées, puis il a levé la main et il est parti.

J'ai regardé attentivement la porte d'entrée de l'immeuble d'en face. Personne n'est sorti. Il y a peut-être une seconde porte donnant sur une autre rue. Ou bien, habite-t-il justement dans cet immeuble, dans un appartement situé à l'opposé ?

C'est incroyable. S'il passe la nuit derrière cette vitre, quand dort-il ? Remarque, on pourrait poser la même question à mon sujet. Heureusement, grâce aux vacances, je peux faire la grasse matinée tous les jours. Un vrai bonheur !

Je t'écris, allongée dans mon lit. C'est bientôt l'heure de déjeuner, mais je suis encore couchée. Mon frère est chez la nourrice au rez-de-chaussée. Mes parents sont à leur travail. Et moi, je savoure le fait d'être toute seule dans l'appartement.

J'écoute la musique qui me plaît, je vais manger ce qui me plaît sans mettre le couvert ni débarrasser… La belle vie ! Si tu étais là, ce serait mille fois mieux.

C'est décidé : ce soir, après le dîner, quand mon frère Léo sera couché, je vais reparler de l'inconnu à mes parents. J'espère qu'il n'y aura pas de match de foot à la télé, sinon impossible d'envisager un échange supérieur à trois minutes montre en main. J'espère aussi que, pour une fois, mes parents voudront bien m'écouter.

Tu comprends, le visage de cet homme, je l'ai « photographié » dans ma tête ; je vais pouvoir le leur décrire. Ils le connaissent peut-être… qui sait ?

Je me demande comment ils vont réagir et ce que tu penseras de mes deux lettres. Je t'embrasse du fond de ma couette.

JEANNE

*3 novembre*

*Ma chère Jeanne !*

*J'ouvre ton enveloppe et je te réponds aussitôt. Jusqu'à présent, je ne te prenais pas trop au sérieux. Maintenant, je commence à te croire.*

*Fais attention ! C'est peut-être un malade dangereux. Le récidiviste. Le tueur en série. Mais non, je ne regarde pas trop la télévision... bonsoir !*

*Ça me rappelle une aventure d'Arsène Lupin, dans laquelle les femmes visées portaient toutes un prénom de sept lettres commençant par un H... Ça m'a mis la puce à l'oreille.*

*Et si ton inconnu-connu en voulait aux filles jeunes et jolies qui se prénomment Joëlle, Judith ou Jeanne et détestent l'odeur du jasmin ? Je l'imagine, obsédé par les mots de six lettres commençant par un J : il en piocherait plusieurs dans le dictionnaire, mélangerait le tout pour obtenir une série de victimes innocentes ayant peu de chance de s'en sortir saines et sauves.*

*Ça y est, j'ai trouvé : il s'appelle Julien ou Jérôme (surtout pas Jérémy). Chaque jeudi, il descend de sa jaguar et assomme une passante (désignée à l'avance) d'un coup de jambon (sans colorant).*

*Sans rire, préviens la police. Cette histoire me paraît tordue. Je tiens à toi. Je n'ai pas envie d'apprendre aux infos que le sixième cadavre découvert dans le jacuzzi d'un certain Julien, Jérôme ou Jules-le-junky est celui de ma Jeanne préférée.*

*Bises de* JÉRÉMY
*(l'un des inséparables JJ)*

*6 novembre*

*Hello, Jeanne !*

*Ceci est un télégramme — Stop — ou plutôt une imitation de télégramme — Stop —*

*Nos deux dernières lettres se sont croisées — Stop — écrites presque le même jour — Stop — Quelle coïncidence ! — reStop —*

*Tu vas trouver que je radote, mais j'insiste lourdement : ce type te veut sûrement du mal. Il prend contact avec toi ; il te paraît gentil comme tout. Et puis, vlan ! il va sortir son joker : son jambon qualité supérieure. Vlan !*

*J'espère que tes parents t'ont prise au sérieux et qu'ils vont prévenir la police si tu ne l'as pas encore fait.*

*Tiens-moi au courant. Je cours à la poste déposer mon télékilogramme — Stop — Bises — Stop final.*

*JÉRÉMY*

8 novembre

Coucou, Jérémy !

En l'espace de trois jours, deux lettres de toi ! Quelle chance ! Danger : il est temps que j'intervienne. Non seulement tu radotes, mais en plus tu déraillles.

Un tueur en série ? Serais-tu tombé sur la tête en faisant du char à voile ?

Quoique… Les tueurs en série n'ont pas forcément un visage monstrueux, des dents de vampire et j'en passe pour ne pas te couper l'appétit. L'habit ne fait pas le moine, comme dit le proverbe. Les assassins ne portent pas une étiquette précisant leur spécialité « tueur en tout genre ». J'essaie d'en rire, mais j'ai la gorge serrée.

Pour sauter du coq à l'âne (il y avait du poulet pour le dîner… ton humour bête est contagieux), j'ai parlé comme prévu à mes parents. Je te raconte la scène, façon théâtre. La représentation a eu lieu samedi dernier vers vingt-deux heures.

Éclairage lugubre : le lampadaire de la salle de séjour.

Décor : pièce tristounette, télé éteinte (pas de

match de foot au programme… ouf !), portrait de famille sur le mur… Donc pas le lieu idéal pour aborder un sujet délicat.

Ah, j'oubliais : porte ouverte. Détail particulièrement important pour le sketch suivant !

Je frappe les trois coups imaginaires : vlan ! Vlan ! Vlan ! sans bouée de sauvetage à portée de la main… et je me jette à l'eau.

MOI : (*d'une voix peu assurée*) J'ai revu l'homme derrière la fenêtre la nuit dernière…

MON PÈRE : (*qui semble débarquer de la Lune*) Hein ? (*ou plutôt* :) Heiiiiiin ?

Je me racle la gorge et je répète en articulant :

MOI : J'ai revu l'homme la nuit dernière. C'est la deuxième fois que je distingue son visage derrière la vitre de l'appartement d'en face.

MA MÈRE : (*qui fait semblant de débarquer de la Lune*) Que diiiiiiiiis-tu ? Quel appartement ?

MOI : Tu sais bien. L'appartement en vente au quatrième.

MES PARENTS : (*en chœur*) Ah !

Je sens une grande déception dans leur « ah ! » du style « Elle va encore recommencer. Nous qui souhaitions passer une soirée tranquille… ».

Mon père respire profondément. Il est persuadé que j'ai trop d'imagination et il va tenter de me le prouver. À sa manière, avec beaucoup de tendresse au départ… et d'énervement par la suite. (Il travaille chez un assureur ; c'est rassurant.)

Je reprends le fil de la pièce. Donc un temps d'arrêt qui me paraît durer un siècle. On pourrait entendre voler une mouche si les voisins du dessus ne les avaient pas toutes exterminées. Puis mon père toussote… Signe d'embarras.

MON PÈRE : Jeanne, ma chérie, ça n'a pas l'air d'aller très fort ces temps-ci…

MOI : Écoutez-moi, je n'invente rien. Il y a bien un type qui passe certaines nuits dans cet appartement vide. Hier, il m'a fait un signe de la main. Comme ça…

Je fais un geste en guise de preuve et je surprends le regard perplexe de mes parents. C'est pourquoi je poursuis sans plus attendre.

MOI : J'ai déjà croisé cet homme dans le métro… et dans la rue, je crois. Si ça se trouve, il n'habite pas loin de chez nous…

MA MÈRE : (*de sa voix la plus douce possible*) Ma chérie, ce sont des hallucinations.

MON PÈRE : (*comme s'il caressait un chat dans le sens du poil*) Des cauchemars.

Je me lève d'un bond et je ne peux pas m'empêcher d'élever la voix.

MOI : Arrêtez de me prendre pour une folle ! Je n'ai pas rêvé !

MES PARENTS : Chuuuuuuuut ! Tu vas réveiller ton petit frère.

MOI : (*un ton au-dessous*) C'est la vérité ! Je vous parle d'un psychopathe, d'un tueur en série… (*là, je sens que j'exagère, mais impossible de m'arrêter sur ma lancée*) un assassin en puissance dont je serai la prochaine victime…

Mon père se lève à son tour, le front plissé. La moutarde visible à vue de nez !

MON PÈRE : (*d'une voix forte*) Jeanne, calme-toi ! C'est un ordre.

MA MÈRE : (*avec un soupir désespéré*) Ah, non… Vous n'allez pas recommencer…

D'habitude, je relève le menton, je jette un regard plein de mépris et je quitte la pièce en claquant la porte le plus fort possible avant d'aller m'enfermer à clef dans ma chambre.

Ce soir, je ne fais pas marche arrière. Je reste là, en face de mes parents. Qui aura le dernier mot ?

MOI : C'est un homme d'une quarantaine d'années. J'ai l'impression qu'il me connaît. Il est pratiquement chauve. Plutôt maigre… Dans le métro, j'avais vu ses yeux gris. Très tristes.

Mon père m'interrompt et clôt la discussion.

MON PÈRE : (*autoritaire*) Il est l'heure d'aller nous coucher. Nous sommes tous fatigués.

MOI : (*contestataire*) C'est les vacances. Et pour vous, demain c'est dimanche. Tout le monde pourra dormir.

MA MÈRE : (*soulagée d'avoir enfin trouvé une raison valable*) Aurais-tu oublié, ma chérie ? On doit passer la journée chez ta grand-mère. Il faudra se lever tôt.

MES PARENTS : Bonne nuit, Jeanne.

JEANNE : (*en bougonnant, histoire de marquer le coup*) Bonne nuit…

MES PARENTS : (*sans se donner le mot*) Dors bien, ma chérie. Tu en as besoin.

Je sors d'un pas lent… et me retourne avant de franchir la porte. Et là ! Je suis sûre de surprendre un regard inquiet entre mes parents. Pas parce qu'ils me croient folle… Non. Il y a autre chose ; j'en mettrais ma main à couper.

De quoi s'agit-il ? Connaissent-ils le type dont je leur ai parlé ? Affaire à suivre…

Je t'embrasse. La suite au prochain numéro car j'ai du français et de la géo pour demain.

JEANNE QUI PENSE TRÈS FORT À TOI.

P.S. : Dans la nuit de samedi à dimanche, juste après avoir regagné ma chambre, je voulais t'écrire, te raconter immédiatement la discussion qui venait d'avoir lieu. Mais je me suis écroulée. Épuisée… sans m'éveiller une seule fois.

Puis il y a eu la journée chez ma grand-mère, des contrôles, etc. Pas une minute de tranquillité.

C'est pourquoi je ne rédige cette lettre qu'aujourd'hui.

*14 novembre*

*Coucou, Jeanne !*

*Ta dernière lettre est un vrai roman-fleuve. J'aurais pu me noyer. La prochaine fois, préviens-moi par un signe « danger ! ».*

*Applaudissements sincères pour la pièce de théâtre ! Je ne te connaissais pas ces talents cachés. J'ai vraiment assisté à la scène. J'ai vu la moutarde monter au nez de ton père, la figure de ta mère se décomposer au fur et à mesure de la discussion...*

*Moi qui te croyais douce comme un agneau... tu as l'air d'avoir un caractère de cochon !*

*À en croire la fin de ta lettre, tes parents auraient échangé un regard bizarre. Franchement, si mon fils ou ma fille me racontait une histoire pareille, je réagirais sans doute de la même façon. Tu vas me trouver casse-pieds. Mais comment ne pas être inquiet à ton sujet ?*

*Méfie-toi : ne va pas croire qu'il s'agit d'un secret de famille enfoui depuis des siècles au fond d'un coffre vermoulu.*

*À part ça, je regrette les vacances. Elles ont passé si vite. Ffffffffff... : gros soupir !*

*Cet après-midi, avec mon copain Antoine, on a*

*fait du char à voile dans des bourrasques de vent et de pluie. Géant !*

*Les semaines précédentes, il y a eu deux fêtes chez des amies. Nulles — les fêtes, pas les amies. Presque personne et les parents comme des chiens de garde, debout près de la porte, à surveiller tout ce qu'on faisait.*

*Quoi de neuf ? Mon bricolage fou est terminé : la fusée numéro deux ne s'est élevée que d'un mètre seulement. C'est peu... j'ai donc choisi de la transformer en œuvre d'art.*

*Personne, hélas, ne reconnaît mon immense génie créatif. Mon père a proposé de ranger ma fusée-sculpture-contemporaine dans le garage alors qu'elle serait tellement décorative près de la cheminée. Un peu envahissante, je le reconnais, mais carrément design et révolutionnaire !*

*Courage pour les contrôles ! Compte les mois jusqu'aux prochaines grandes vacances... à moins que tu ne débarques auparavant sur une plage normande — la mienne de préférence. Bises.*

*JÉRÉMY*

16 novembre

Salut, Jérémy !

Ce soir, j'ai trouvé ta lettre en rentrant de cours. Les vacances de Toussaint sont déjà loin. Novembre est le mois que je déteste le plus. Gris, pourri, humide... Heureusement, les décorations de Noël commencent à illuminer les rues et les vitrines.

Sinon... Rien à signaler.

Je m'ennuie au collège. J'ai hâte d'être à l'an prochain pour changer de lieu, d'amis... de tout, quoi ! « Coa, coa, comme dirait ma mère. Le chœur des grenouilles est de retour ! »

Rien à signaler ? Si ! Un camion de déménagement s'est arrêté devant l'immeuble d'en face. Des cartons commencent à s'entasser dans l'appartement du quatrième, qui du coup n'est plus vide. La Palice en aurait dit autant. Connais-tu ces vers composés en son honneur ? C'est à mourir de rire :

*Un quart d'heure avant sa mort,*
*Il était encore en vie...*

Drôle, n'est-ce pas ?

À part ça… pas de nouvelle de mon inconnu-connu… Mes parents s'arrangent pour ne pas aborder ce sujet. Ils sont doués quand ils veulent éviter de mettre le pied dans un terrain miné.

Quand tu prétends que toi aussi tu t'inquiéterais au sujet de ma santé, je ne sais plus quoi penser. Si tu réagis comme ma mère alors que tu as vingt-cinq ans de moins, je perds pied…

Oh, là ! Tu n'es pas le Jérémy dont j'ai fait la connaissance cet été. Quel est cet hurluberlu moralisateur qui se fait passer pour toi ? N'importe quoi !

Je ronchonne mais en fait, je n'en mène pas large. Vous avez peut-être tous raison : j'ai des hallucinations. J'étais pourtant sûre de moi… et maintenant, je ne jurerais plus de rien…

Pour recouvrer le sourire, je pense à ma grand-mère chez qui nous avons passé une journée très sympa. C'est une femme extraordinaire. Je l'adore ! Une petite boule de nerfs, hyperactive, qui fait ses courses en rollers. Les commerçants ont beau protester, elle continue… et d'ailleurs, elle ne casse jamais rien. Quel phénomène !

Dommage qu'elle habite loin de Paris ; j'aimerais la voir plus souvent, si possible sans mes parents.

Je t'embrasse. Kanalpuce fait de même.

JEANNE

P.S. : Et tes chiots, que deviennent-ils ?

*20 novembre.*
*En permanence. Le prof de bio est absent : quelle chance !*

*Salut, Jeanne !*

*Une petite blague pour te redonner le moral : sur la plage, j'ai aperçu un bonhomme qui se faisait bronzer. En plein hiver ? Mais oui... il ne pleut pas toujours en Normandie, quoi qu'on dise. Comme la mer montait et que l'homme bâillait, prêt à s'endormir, je lui ai demandé : « À quel moment dois-je vous réveiller : quand vous serez à point, saignant ou bien cuit ? » Elle est excellente !*

*Au sujet du chœur des grenouilles, j'en connais un rayon... quoi ! Le prof de bio aussi. Elles sévissent également ici... quoi ! même en hiver au bord de la mer... quoi ! C'est la mode « ziva »... quoi !*

*Oh, là ! Réponse : Oh, là ! Tu interprètes tout de travers.*

*J'ai dit qu'à la place de tes parents (souligné trois fois !), je m'inquiéterais et que j'aurais du mal à croire à ton histoire.*

*Par rapport à ton inconnu, je me suis fait du*

*souci, mais si tu n'as plus de nouvelles : tant mieux ! Je sais que tu n'as pas rêvé, mais maintenant c'est fini. L'appartement n'est plus vide ; le type n'y passera plus ses nuits à t'espionner.*

*Mets une croix sur tout ça et pense à autre chose. Oui, à ta grand-mère par exemple ! Elle a l'air géniale. J'espère la rencontrer un jour.*

*Je t'embrasse.*

*JÉRÉMY*

*P.S. pour répondre à ton P.S. : On va bientôt donner les chiots, dès qu'ils seront sevrés. Il ne restera plus qu'Isis chez nous. Ce sera enfin propre. Les chiots sont adorables, mais je ne supporte plus la série de crottes nocturnes.*

23 novembre

Salut, Jérémy !

Juste quelques lignes. En sortant de cours à dix-sept heures, je l'ai aperçu. Il était attablé dans un café, non loin de mon collège.

Il regardait dans ma direction. Il ME regardait. J'ai chuchoté à l'oreille d'une copine :

« Tu vois le type, là-bas ?

— Lequel ?

— Celui qui est presque chauve, avec un visage tout maigre.

— Ah, oui. Eh bien ?

— Est-ce qu'il nous regarde ? »

Ma copine a haussé les épaules. D'après elle, l'inconnu-connu ne regardait pas un point précis dans la rue. Je n'en suis pas aussi sûre qu'elle.

Que faire ? J'hésite. Ça ne sert à rien d'en reparler à mes parents.

La police ? Qu'est-ce que je leur dirais ? Bonjour, messieurs. Voilà, j'ai l'impression que quelqu'un me regarde. N'allez pas croire que je suis parano ! Pendant plusieurs semaines, il m'a surveillée depuis un appartement vide qui est plein depuis l'arrivée

de nouveaux propriétaires… et patati et patata ! On me rirait au nez.

Je pourrais aussi aller le voir et lui demander : « Que me voulez-vous ? Qui êtes-vous ?, etc. » mais je ne m'en sens pas le courage. Je n'oublie pas ton hypothèse du tueur en série à coups de jambon ou de joker-tronçonneuse.

D'ailleurs, cela me joue de mauvais tours. Le prof de chimie m'a interrogée sur la couleur d'un mélange de je-ne-sais-plus-quel-produit-dont-je-me-moque-éperdument. J'ai bafouillé bêtement car j'avais la tête ailleurs : « Jaune… Non, Jules, Julien, Jérôme… Non, rose… » et tout le monde a éclaté de rire. Sauf le prof qui se prénomme Jules — ce que j'ignorais — et qui n'a pas le sens de l'humour. Une heure de colle, moi qui n'en ai jamais. J'étais furieuse.

Finalement, tu as raison : j'ai parfois un caractère de cochon !

J'attends tes conseils éclairés ! ! ! Bises.

JEANNE

*26 novembre*

*Ma chère Jeanne !*

*Je réagis au quart de tour. Y a-t-il dans ta famille un adulte en qui tu aies confiance ? Un parrain, une tante, un grand cousin... je ne sais pas.*

*Et pourquoi pas ta grand-mère géniale ? Ou bien à la limite, un prof que tu apprécies. Il faut absolument que tu te confies à quelqu'un. Moi, je suis loin et je ne peux pas vraiment t'aider.*

*Je t'en prie. Ne rigole pas avec ce problème. Tiens-moi au courant. Bises.*

*JÉRÉMY*

*5 décembre*

*Coucou, Jeanne !*

*Dix jours déjà et pas une lettre de toi. Te serais-tu débarrassée du virus de la gribouillite aiguë ?*

*Est-ce que ce sont mes coassements qui te font fuir ? Quoi ! ?*

*J'essaie de rire mais je ne suis pas vraiment rassuré. Que se passe-t-il ?*

*Rien à signaler ? ? ? ? ? ? ? ? ? J'attends ta réponse avec impatience. Je t'embrasse.*

*JÉRÉMY*

*10 décembre*

*Ma chère Jeanne !*

*C'est encore moi. Ce week-end, j'ai cherché ton numéro de téléphone sur le minitel. Tu es sur la liste rouge. Impossible de te joindre. Je voulais demander à tes parents si tu allais bien, au cas où tu n'aurais pas pu me répondre.*

*Es-tu malade ? Blessée ? À l'hôpital ? Morte... Bon, je sais. Blanco sur ce dernier mot.*

*Les couchers de soleil sur la plage en solitaire, ce n'est pas terrible.*

*Tu me manques. J'attends ta réponse. À moins que... Si tu ne veux plus qu'on s'écrive, dis-le-moi franchement.*

*JÉRÉMY*

*14 décembre*

*Hello, Jeanne !*

*C'est le message de la dernière chance. S.O.S. final. Une bouteille que je jette à la mer, par l'intermédiaire de la poste.*

*Si je n'ai pas de réponse, je vais écrire à tes parents pour savoir ce que tu deviens. J'ai besoin de savoir.*

*Le visage maigre du type chauve m'obsède. C'est moi qui ai des hallucinations et qui fais des cauchemars. J'ai l'impression qu'il t'est arrivé quelque chose de terrible. Dans mes rêves, je ne comprends pas ce que tu essaies de m'expliquer et je me réveille en sursaut, les mains moites et le front en sueur.*

*Écris-moi vite.*

*JÉRÉMY*

17 décembre

Salut, Jérémy !

J'étais sous le choc. Mais ça va mieux. Je ne suis ni morte ni blessée. Très secouée c'est vrai.

Autant tout reprendre dès le début…

J'avais aperçu l'inconnu dans un café. T'en souviens-tu ? Les jours suivants, je l'ai revu trois fois exactement. Il regardait toujours dans ma direction.

J'avais bien reçu ta lettre, mais je ne savais pas à qui parler. Je ne voulais pas affoler ma grand-mère qui est adorable, mais facilement angoissée. Qui d'autre ? Personne en qui j'avais confiance.

Et puis, un soir, je me suis levée pour aller aux toilettes. Il devait être minuit. Mes parents parlaient à voix basse dans leur chambre. J'ai entendu mon prénom et je me suis approchée de leur porte. Sans bruit. J'ai écouté.

« La description pourrait correspondre, soufflait ma mère.

— Se douterait-elle de quelque chose ? chuchotait mon père.

— J'ai toujours voulu qu'on lui en parle, c'est toi qui refusais.

— Le problème n'est pas là. Si c'est lui et qu'il

essaie de prendre contact avec Jeanne, que pouvons-nous faire ?

— Je vais le trouver et lui expliquer qu'il ne doit pas agir ainsi. Il faut la ménager. Elle est fragile…

— Tu as raison. Dors bien. »

Le secret de famille enfoui depuis des siècles au fond d'un coffre vermoulu refaisait surface. Sauf que j'étais directement concernée et qu'il ne s'agissait pas de siècles, mais de mois ou d'années.

Cette nuit-là, je n'ai pas pu fermer l'œil. Je remâchais les mots que j'avais entendus. Qui était cet homme qui voulait prendre contact avec moi ? Où l'avais-je rencontré ?

Mes parents le connaissaient, ça je n'en doutais pas. Comme quoi le regard que j'avais surpris auparavant renvoyait à une inquiétude bien réelle. La description succincte que j'avais donnée de mon inconnu leur avait immédiatement fait penser à une personne précise.

L'hypothèse du tueur en série était définitivement écartée.

Je me sentais seule. Comme abandonnée. Mes parents m'avaient caché quelque chose qui me concernait. Ils n'avaient pas confiance en moi. Pourquoi ? Mais pourquoi ?

Ils n'ont pas eu confiance en moi.

Jamais.

Depuis le début.

Je suis pourtant capable de garder un secret.

Et puis, dans le cas présent, s'agit-il vraiment d'un secret dont on ne peut pas parler ?

Non, je ne veux pas te faire languir. Toi aussi, tu voudrais savoir de quoi il s'agit. Sois patient. Pour l'instant, je n'arriverais pas à en parler. D'ici quelques jours, j'arriverai sans doute à l'écrire.

Tu vas me trouver soudain bien « mollassonne ». Finis le caractère de cochon, l'insolence, la rébellion ?

Je ne me reconnais plus. Je suis sous le choc ; je te l'ai dit.

Attends un peu. Sois patient.

Je sais que tu as confiance en moi. Je vais remonter la pente lentement. L'été prochain ou peut-être avant, nous marcherons de nouveau sur la plage à la tombée de la nuit. Je t'embrasse.

JEANNE

*19 décembre*

*Ma chère Jeanne !*

*Enfin ! Ta réponse est arrivée hier.*

*Je pense à toi très fort. Pour une fois, ce n'est pas une lettre mais un paquet qui va voyager de la Normandie jusqu'à Paris. Un petit paquet sans prétention. « Gai Noël ! » comme disaient les gens autrefois.*

*Pour toi, ce livre aux pages blanches, cadeau parfait pour ceux qui sont atteints de gribouillite aiguë. Et toi, tu en as besoin. Écris, raconte, transforme en mots les larmes et les regrets.*

*Ne crois pas que j'invente les phrases précédentes. C'est ce que m'avait dit mon oncle, il y a deux ans, quand ma mère est morte. J'ai simplement remplacé le cahier à carreaux par un petit livre blanc.*

*L'été dernier, je ne t'avais donné aucun détail. Je vivais seul avec mon père ; point à la ligne.*

*Il y a des événements qu'on porte en soi et qu'on a du mal à partager. Ce fut long, long, si long... De longues années à lutter contre cette saleté de cancer. Et puis un hiver, elle est partie.*

*Mon regard s'est brouillé et je me suis révolté. Il*

*y avait des gens odieux qui empoisonnaient l'existence de tous... Des monstres, des ordures ! Et ELLE était partie.*

*Alors, j'ai écrit ma révolte, le cimetière dans le froid, les feuilles brunes sur les graviers qui crissent sous les pas... J'ai raconté le chagrin qui grignote, les idées qui vous rongent nuit et jour...*

*Personne ne l'a su. Tu es la seule à qui je l'avoue. Mon regard se brouille encore... Il me faudra de nombreuses pages blanches et des mots griffonnés à la hâte pour accepter. Mais de t'en parler, cela me fait du bien. C'est la première fois que je ne fais pas le clown, le gros dur, l'incassable. Le conteur de blagues et l'inventeur de génie : c'est un peu ma façade, mon système de défense.*

*Je suis avec toi, Jeanne. Je t'écoute et j'attendrai le temps qui te sera nécessaire.*

*Reprends ton souffle. Ne va pas trop vite.*

*Bises.*

*JÉRÉMY*

22 décembre

Gai Noël, Jérémy !

Cette expression me plaît. Gai Noël ! même si je n'ai pas le cœur à rire.

Merci pour ton secret. Le mien est différent. Mais je vais suivre ton conseil : « transformer en mots les larmes et les regrets. »

En général, savoir qu'untel est malheureux n'aide pas à accepter ses propres difficultés. Mais avec toi, c'est différent. Le gros dur qui fait preuve d'une telle confiance, cela me touche beaucoup. Merci.

Où en étais-je ? Ah, oui… J'avais entendu la conversation de mes parents. Ils m'avaient caché quelque chose d'important et je leur en voulais. Je ne leur adressais plus la parole.

« Jeanne, ma chérie, dis-nous ce qui se passe, insistait ma mère chaque soir.

— Ne te renferme pas dans ta coquille, ajoutait mon père. Ça ne sert à rien. Autant aborder les sujets qui nous préoccupent. »

J'ai serré les dents et j'ai répliqué d'un ton agressif :

« Tous, sans en cacher un seul ? »

De nouveau, mes parents ont échangé un regard inquiet. Je sentais qu'ils voulaient dévoiler ce qui les oppressait... mais ils ne savaient pas comment s'y prendre.

En criant presque, je leur ai tendu une perche qu'ils n'ont pas su attraper :

« Je sais que vous me cachez quelque chose. Dites-moi de quoi il s'agit. Pourquoi ne me faites-vous jamais confiance ? »

Ils en sont restés bouche bée.

J'ai éclaté en sanglots et je suis allée dans ma chambre. Peu après, ils sont venus frapper. Des petits coups discrets... La porte n'était pas fermée à clef ; ils l'ont entrouverte. J'en voulais à la terre entière et je me sentais si mal que j'ai fait mine de dormir. Ils sont ressortis sur la pointe des pieds en chuchotant : « On lui expliquera tout ce week-end. »

Mais je ne les ai pas attendus.

Trois jours à ruminer ? C'était trop.

Après les cours, je me suis rendue directement dans le café dont je t'ai déjà parlé.

L'inconnu était là, à la même table. Il sirotait un thé. Il a eu l'air surpris quand je me suis plantée en face de lui.

« Veux-tu boire un jus de fruits, un café ou autre chose ? a-t-il proposé.

— Rien. Merci. Je m'appelle Jeanne.

— Je sais. Bonjour, Jeanne. Assieds-toi.

— Pas besoin. Je suis très bien debout. Qui êtes-vous ?

— Tu ne t'en doutes pas un peu ? »

J'ai secoué la tête. Comment aurais-je pu deviner ? Je sentais juste que je n'allais pas tarder à me mettre en colère.

L'homme connaissait mon prénom. Donc mes parents avaient raison. Je devais rester sur mes gardes... J'ai hésité :

« Vous travaillez à l'agence Dupoivre ?

— Non, mais l'une de mes amies y est employée.

— L'allergique ? Celle qui éternue sans arrêt ? »

Il a souri du bout des lèvres. Je comprenais tout : c'était comme ça qu'il s'était procuré les clefs de l'appartement d'en face...

Mais pourquoi ? Dans quel but ?

Je lui ai lancé un regard mauvais, prête à réagir à toute agression. Quelle raison non valable allait-il donner à son attitude bizarre ? À la fois, j'attendais son explication et je la fuyais...

Jérémy, tu ne vas pas en revenir. Moi-même, je

me suis assise en face de lui et je l'ai écouté sans dire un mot.

Il s'appelle Fred Calon. C'est mon père.

Sans la réaction bizarre de mes parents, je ne l'aurais pas cru... Mélanie, ma mère, était enceinte quand Fred et elle se sont séparés. Elle s'est mariée peu avant ma naissance avec Fabien Pagot, l'homme qui m'a élevée depuis bientôt quinze ans.

Et voilà, tu sais tout. Enfin presque.

Fred travaillait à l'étranger. Là-bas en Hongrie, il avait fondé une famille. Il a trois enfants et une femme qui ne parle pas un mot de français. Son patron l'a envoyé à Paris pour monter je ne sais quel projet pendant six mois. Il a voulu savoir qui j'étais, faire ma connaissance sans rien revendiquer, rencontrer sa « fille de naissance », et il a précisé : « Il n'y a aucun autre lien entre nous. »

Il a parlé pendant plus d'une heure. Calmement. Sans jamais élever la voix. Je n'ai pas pu ouvrir la bouche.

Je n'ai pas répondu à une seule de ses questions. J'en étais incapable.

Avant de nous séparer, il a conclu :

« Je suis heureux de t'avoir rencontrée, Jeanne.

C'était devenu une obsession : je voulais te voir, te parler… J'en devenais fou. Je sais… C'est très égoïste de ma part. Pardonne-moi. J'ai sans doute semé le trouble dans ta vie.

« Un conseil, pourtant : ne mélange pas tout ! Il y a ton père de cœur et ton père de naissance… Pas question de te sentir déchirée entre les deux, pas question d'établir une hiérarchie affective — excuse-moi d'employer des mots compliqués ! Si tu as envie de me revoir, ne culpabilise pas. Parles-en simplement à tes parents, sans rien cacher. Peut-être à une prochaine fois. »

Il m'a tendu une petite carte sur laquelle se trouvaient son adresse de Paris et celle de Budapest.

Et il a quitté le café, souriant à peine…

J'étais sonnée. K.-O. comme sur un ring. Le boxeur s'en allait, tête basse, et me laissait ruminer les paroles qu'il avait prononcées.

J'avais l'impression d'avoir rêvé. « C'est très égoïste de ma part », avait-il dit ?

Pire.

J'ai entendu un coup de freins strident et j'ai souhaité qu'il ait glissé sous les roues d'un camion… et que je me réveille d'un long cauchemar, ayant tout oublié. J'ai jeté un coup d'œil par la vitre du

café : il s'éloignait sur le trottoir en se retournant de temps en temps.

Oui, les adultes sont terriblement égoïstes.

Ce Fred atterrit dans ma vie sans crier gare. S'est-il au moins demandé si je voulais de lui ?

Croyant bien faire, mes parents me cachent son existence pendant près de quinze ans.

Et moi, je leur en veux à tous de m'avoir menti… ou plutôt d'avoir dissimulé la vérité.

Pourquoi certains sujets sont-ils tabous ?

Je n'ai plus de force pour réfléchir… plus de force pour rien. Je me sens vidée.

Heureusement que tu n'es pas si loin, à vol d'oiseau. À vol de mouette. Je t'embrasse.

JEANNE

22 décembre - *bis* !

Mon cher Jérémy !

C'est encore moi. Tout à coup, j'ai honte. Tout à l'heure, j'ai posté ma lettre ; je n'y parlais que de ma vie, de mes problèmes... en insistant sur le fait que les adultes sont des égoïstes. Alors que je ne pensais qu'à moi.

Excuse-moi.

Finalement mon caractère de cochon va m'être utile. Je ne resterai pas prostrée sur le ring pendant des mois. J'ai envie de réagir... Comment ? Je ne sais pas encore...

Un grand merci pour le livre blanc qui bientôt ne sera plus blanc. Je crois que, sur ces pages, je vais pouvoir écrire aussi des mots te concernant.

Je t'aime, Jérémy.

JEANNE

*24 décembre*

*Gai Noël, Jeanne !*

*Pas de neige sur la plage. C'est rare en Normandie. Je suis à côté de toi. Non, c'est toi qui te trouves contre moi sur le char à voile.*

*Il fait déjà presque noir. Je passe... Nous passons ensemble dans les flaques qui nous éclaboussent, mais nous ne sentons pas le froid.*

*Le ciel est voilé... Moi aussi, je t'aime.*

*JÉRÉMY*

28 décembre

Bonjour, Jérémy !

Grande nouvelle. Nous avons longuement parlé avec mes parents. L'ambiance est meilleure. Je me sens mieux. Je crois qu'ils culpabilisaient de m'avoir caché l'existence de Fred, chaque jour un peu plus, sans savoir comment dévoiler ce secret.

Enfin, le plus dur est passé. Il ne faudra pas cacher la vérité à mon frère Léo. Mon demi-frère Mon frère à part entière.

C'est bizarre : jusqu'à présent, je n'éprouvais pas beaucoup de tendresse pour lui. Depuis quelques semaines, je ne le regarde plus de la même façon. C'est un drôle de petit bonhomme que j'aime bien.

La vraie grande nouvelle est que nous irons tous les quatre en Normandie pendant un week-end prolongé du mois de février. À Seully pour être plus précise !

Même si nos vacances ne correspondent pas, nous trouverons bien un moment pour nous voir.

J'ai changé. Changé dans ma tête. Peut-être que

tu ne m'aimeras plus, que je ne t'aimerai plus comme avant… Aussi fort qu'avant.

Risquons-nous d'être déçus ?

Je t'embrasse.

JEANNE

*31 décembre*

*Bonne année, Jeanne !*

*Moi aussi, j'ai changé. J'ai fermé le cahier où je griffonnais chaque soir quelques mots avant de me coucher.*

*Risquons-nous d'être déçus ? Nous verrons bien. De toute façon, on ne sera pas obligés de se claquer la porte au nez ! On pourra continuer à s'écrire. Simplement.*

*Enfin, c'est génial si l'on peut se revoir en février. Courage, Jeanne. Tiens le coup !*

*Je t'embrasse et je pense à toi en m'endormant. Je t'aime.*

*JÉRÉMY*

BONNE ANNÉE !

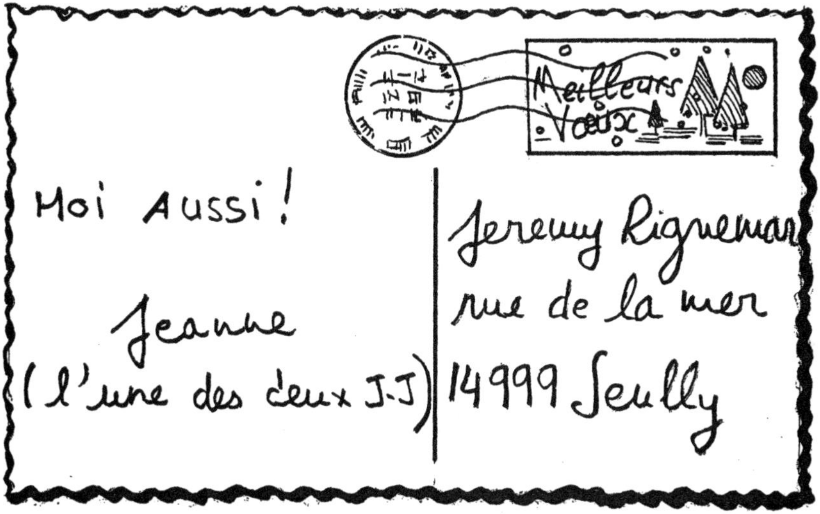

Meilleurs Voeux
Moi Aussi!
Jeanne
(l'une des deux J.J)
Jeremy Rigueman
rue de la mer
14999 Seully

Dans la collection

**Lampe de Poche Pré-Ados**

***Copie conforme***

Jean Molla

***Vis ta vie, Nina***

Maïa Brami

***Plus fort que moi***

***Lili dans la lune***

Shaïne Cassim

***L'enfant qui caressait les cheveux***

Koschka

***Les pères aussi ont leurs secrets***

Maïa Brami

*Impression réalisée sur CAMERON par*

BUSSIÈRE CAMEDAN IMPRIMERIES

GROUPE CPI

*à Saint-Amand-Montrond (Cher)*
*en février 2003*
*pour le compte des Éditions Grasset,*
*61, rue des Saints-Pères, 75006 Paris.*

*Mise en pages : Bussière*

N° d'édition : 12708. — N° d'impression : 26947-030577/1.
Dépôt légal : février 2003.

*Imprimé en France*

ISBN 2-246-64381-3

W0367256